Der Kohl des kleinen Mannes –
heißt: Bruder Johannes

Der Zeichner:

Walter Moers ist 1957 in Mönchengladbach geboren. Seit 1975 verschiedene Jobs. 1979 Beginn einer kaufmännischen Lehre im Textilgewerbe. Autodidaktische Studien. 1984 erste Veröffentlichungen bei Beltz & Gelberg. 1985 erschien mit großem Erfolg eine Strip-Sammlung **»AHA!«** bei uns. Darüber wurden NDR- und WDR-Fernsehen auf ihn aufmerksam. Wirklich: Walter ist groß im Kommen . . .

Der Autor:

Phil Brandenburger, 1956 geb., studierte Publizistik, Germanistik und Soziologie. Veröffentlichte diverse Beiträge für Zeitschriften. Magister 1985. Promovierte als Strohmann für einen Freund.

Mehr von Moers bei Eichborn

Walter Moers
Phil Brandenburger

Der Kohl
des kleinen Mannes
heißt –

Bruder Johannes

Wer Rau will,
muß Rau wählen

Eichborn Verlag

CIP-Kurztitelaufnahme der Deutschen Bibliothek

Moers, Walter:
Der Kohl des kleinen Mannes – heißt: Bruder Johannes: wer Rau will, muß Rau wählen / Walter Moers; Phil Brandenburger. – Frankfurt am Main: Eichborn, 1986.
ISBN 3-8218-1826-3
NE: Brandenburger, Phil:

 Februar 1986. Cover: Uwe Gruhle. Gesamtherstellung: Fuldaer Verlagsanstalt GmbH. ISBN 3-8218-1826-3. Verlagsverzeichnis schickt gern: Eichborn Verlag, D-6000 Frankfurt 70.

Von der Vernunft

Es fiel den Verfassern nicht schwer, bei ihrer Arbeit die gebotene Un**partei**lichkeit walten zu lassen. Als überzeugte Royalisten sind ihnen die verschiedenen Parteien Jacke wie Hose.

Eines jedoch muß von Anbeginn klargestellt werden:

Johannes Rau ist anders als die anderen.
Es gelingen ihm zum Beispiel keine Sätze wie:

»Das ist nicht eine Politik, die auf dem Tellerrand des morgigen Abends steht.«
(Helmut Kohl vor dem NATIONAL PRESS CLUB in Washington am 6. 3. 1984)

Johannes Rau sagt uns, was er zu sagen hat,
auf eine ganz andere Weise,
auf eine ganz andere Tour.

Johannes Rau spricht die Sprache der Vernunft.

Also seien Sie bitte vernünftig.

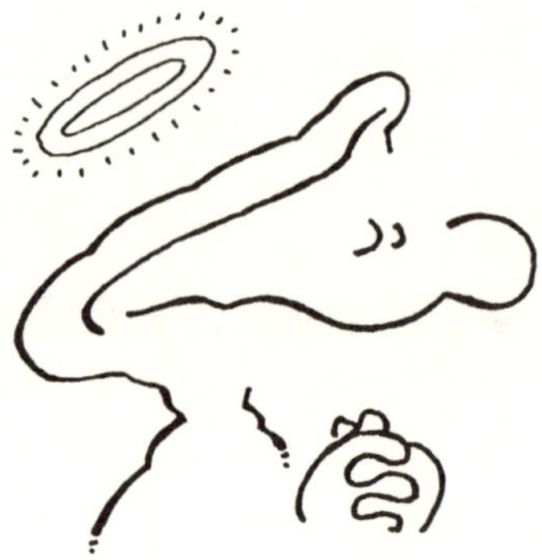

Der Kandidat oder das Prinzip Fassade

Johannes Rau ist anders als die anderen. Noch ahnen wir es nur, aber bald schon, sehr bald wird es laute Gewißheit werden. Profil macht man aus Druckerschwärze. Noch ist es nur Raureif, der über den Gazetten perlt, aber bald wird es hageln, ziemlich rau.

Noch tasten sich Attribute zögernd in Nebensätzen hervor, nur probeweise springen sie den Kandidaten an, aber es könnte ja sein, daß etwas an dem Manne haften bleibt. Sogar die Attribute, die von ihm abgleiten, erfüllen noch ihren Zweck. Mit der Halde von Makulatur, die sich unter seinen Füßen aufschichtet, wächst der Kandidat nach oben und wird weithin sichtbar. Noch ist der Mann ein Gerücht, aber bald wird er eine Fassade sein, an der meterhohe Sätze prangen.

Schon seit einiger Zeit haben sich die Plakatierer an dieser Fassade zu schaffen gemacht. Der PLAYBOY ließ bereits ziemlich früh anschlagen, was man alles in den Mund nehmen kann, wenn man von Johannes Rau reden will. Er ist der »PLAYBOY-Abonnent der ersten Stunde«, hat stets »ein Scherz- oder Bibelwort auf den Lippen«, aber das »Silber des PLAYBOY-Hasen am Feuerzeug des Kettenrauchers nimmt sich dagegen recht keck aus« *(PLAYBOY 4/83).* Andere zogen nach. Er sei »ein guter Verkäufer vor leeren Schaufenstern«, ein »Ministerpräsident zum Anfassen«. Kurz, er ist »einfach einer, den die Leute mögen, weil er die Leute mag«, wie seine Pressesprecherin meinte. Aber das reicht nicht. Der Mann braucht ganz andere Sätze. Die Zeit drängt. Schließlich ist er Kandidat.

Zunächst einmal muß die Fassade größer werden, viel größer, denn schließlich soll man sie bundesweit, von Friesland bis Bayern erkennen können. Deshalb wird jetzt gemauert, wohin man schaut, es wird Zeile auf Zeile geschichtet und Satz an Satz gereiht. Tausendfache Wiederholungen sind willkommen, denn viele Sätze von einer Sorte verdichten das Bild, bringen Struktur in die Fassade. Ist sie erst einmal fertig, so werden die Subtileren unter den politischen Kommentatoren schon kommen, um die Verzierungen anzubringen, und die Revolverjournalisten werden im Parterre schnell die ersten Scheiben einschlagen.

Johannes Rau ist anders als die anderen, aber es kommt auch immer anders, als man denkt, und man muß sich nicht wundern, wenn am Ende das Immergleiche herausschaut. Wir in Nordrhein-Westfalen, ich meine:

WIR IN NORDRHEIN-WESTFALEN
UND UNSER MINISTERPRÄSIDENT
(Wahlkampf-Slogan NRW 85)

sind natürlich schon ein großes Stück weiter. Für uns ist Bruder Johannes kein unbeschriebenes Blatt, keine unplakatierte Fassade mehr. Wir wissen längst, daß er lieber Pils als Wein trinkt und lieber Skat als Schach spielt, wir wissen wie seine Tochter heißt und daß er kein Abitur hat. Wir wissen, daß er »so 'ne Politikersprache nur sehr schwer sprechen kann« *(ZDF, 7. 11. 85, 22.05 Uhr: Was nun, Herr Rau?)* und keine »Sprechblasen« mag. Man hat ihn uns ganz anders plakatiert, brüderlich, familiär und so unglaublich hautnah, daß uns die Plakate noch heute auf der Zunge kleben.

Am Ende eines langen Tages, der die gewöhnliche Mischung aus einem bißchen Erfolg und aus Arbeit und Streß und einem kleinen Rückschlag und abermals Arbeit gewesen ist, an dem er in seiner Staatskanzlei **nur einen Moment durchgeatmet** *hat im Gespräch mit dem Botschafter eines befreundeten Nachbarlandes; am Ende dieses Tages, der* **natürlich nicht** *acht Arbeitsstunden lang war,* **sondern gut und gerne** *vierzehn, steigt Johannes Rau aus dem Auto und hat* **doch wieder noch** *ein paar Akten dabei, die er bis morgen früh gelesen haben will.**

* Dieses, wie auch die folgenden Zitate, sofern nicht gesondert verzeichnet, entstammen der zu den Landtagswahlen in Nordrhein-Westfalen 1985 herausgegebenen Broschüre »Der Mann und sein Amt«, für die der Landesgeschäftsführer des SPD-Landesverbandes, Bodo Hombach, verantwortlich zeichnet, die aber, wie wir annehmen dürfen, sicherlich nicht ohne die Billigung von Johannes Rau zum Druck gelangt ist.

Am Ende eines langen Satzes, der das Thema eines vielbeschäftigten Mannes mit ein bißchen Sentiment, mit Brechstangen und Zaunpfählen, mit Schamlosigkeit und wiederum mit Zaunpfählen variiert, während dessen Lektüre man keinen Moment durchgeatmet hat vor Ergriffenheit, am Ende dieses Satzes, der uns natürlich nicht nur drei, sondern gut und gerne vierzehn Zeilen lang wie ein Märchen vorkam, wissen wir doch nur, was wir ohnehin schon ahnten: Bruder Johannes ist ein vielbeschäftigter Mann. Es beunruhigt uns aber, daß er nur einen Moment durchgeatmet hat, als der Botschafter eines befreundeten Landes zu Besuch kam. Hoffentlich kommt nicht irgendwann einmal drei Tage hintereinander der Botschafter eines unfreundlichen Landes, wir müßten sonst befürchten, daß unserem Ministerpräsident die Luft ausgeht.

»Wir in Nordrhein-Westfalen«, sagt Rau, »haben es in manchem schwerer als andere. Aber wir gehen unsere Aufgabe realistisch und ohne großes Getöse an.« Alles klar? Wir in Nordrhein-Westfalen, ohne Getöse, und unser Ministerpräsident, am Ende eines langen Satzes? Bruder Johannes, der Schlingel, hat er doch wieder noch ein paar Akten dabei, ganz heimlich und ohne großes Getöse? Wie schafft er das eigentlich, dieses ungeheure Arbeitspensum, auf welche Weise entspannt er sich für den nächsten Tag?

Aber erst mal zu Hause, erst mal daheim in Elberfeld. Er hat das Glück, daß Anna, inzwischen fünfzehn Monate alt, noch einmal aufgewacht ist. Sie kommt schlaftrunken ins Wohnzimmer, in dem sie **ohnehin** *die Spuren ihres Tages hinterlassen hat, und wird sich* **eine kleine Weile** *mit dem Vater vergnügen.* **Annas winzige Hand ist zu winzig** *für die große des Vaters, so reicht er ihr nur den kleinen Finger, während sie* **juchzend auf dem Schaukelstuhl ruckelt.** *Für* **wenige schöne Minuten** *ist Johannes Rau überhaupt nicht Ministerpräsident, ist* **einfach nur da,** *wird Anna ins Bett bringen, wird einen Moment noch zu Philip, dem noch kleineren Bruder hineinschauen. Der pennt.*

Nun sehen wir klarer. Der Kosmos des Kandidaten nimmt Konturen an. Tagsüber wird gearbeitet, abends tankt er Heimat. Daheim in Elberfeld. Nur wenige schöne Minuten sind Bruder Johannes im Verlaufe seines langen häßlichen Tages vergönnt, aber die darf man nicht unterschätzen, sie bilden einen unverbrüchlichen Eckwert im Horizont dieses Mannes. Er würde, so lesen wir, »wohl auf Dauer keine Aufgabe übernehmen, die es ihm nicht erlaubte, des Abends heimzukehren nach Elberfeld«.

Aber ist es nicht unfaßbar, daß er nach dem Martyrium seines langen häßlichen Tages noch die Sensibilität besitzt, seiner Tochter nur den kleinen Finger zu reichen? Wir hatten angenommen, daß er ihr die ganze Hand reichen würde, aber wir hatten nicht bedacht, daß Annas Hand noch zu winzig ist. Gott sei

Dank schläft wenigstens Philip, der kleinere Bruder, dessen Winzigkeit unser Vorstellungsvermögen sicherlich überstiegen hätte. Die kleine Anna hat ihre Spuren nicht nur im Wohnzimmer, sondern auch in unserem Gemüt hinterlassen, und wir sitzen schluchzend im Schaukelstuhl und hören die nächsten Sätze vorüberruckeln:

Dieser Tag, der hinter ihm liegt, läßt sich nicht einfach abschütteln, er bleibt noch eine ganze Weile gegenwärtig. Aber erst einmal ein Pils.

Am Ende eines langen Tages, daheim in Elberfeld, gut und gerne, des Abends ein Pils. Doch wieder noch ein paar Akten? Bruder Johannes »registriert dies, während er sich den Pilsschaum vom Mund wischt, mit einer gewissen Verwunderung«. Schließlich ist der »Arbeitsstil des Johannes Rau für Außenstehende von scheinbarer Leichtigkeit geprägt«.

Ein Grund, nach einem Abstecher zu Hause, noch einmal in seiner Stammkneipe vorbei zu schauen; sie liegt am Rande von Elberfeld, ist kaum zu finden für Fremde und doch rappelvoll jeden Abend. Da spielt er eine Runde Skat in zufälliger Besetzung, aber ganz bei der Sache.

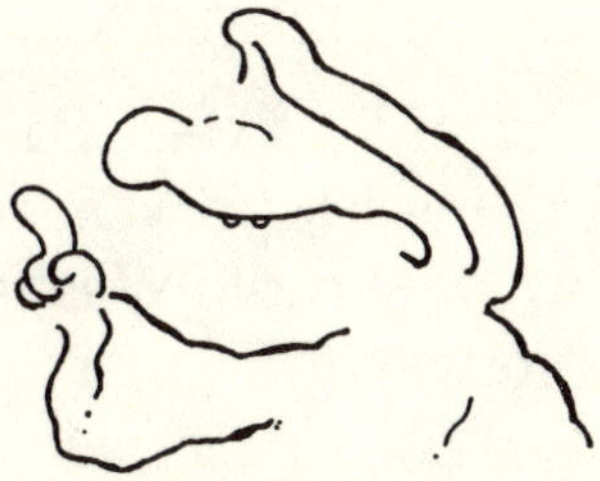

An dieser Stelle hält die Broschüre es für nötig, uns etwas Wichtiges mitzuteilen: »Die Fotos, die den Skatspieler Rau zeigen, sind nicht gestellt, sondern Wirklichkeit.« Ach tatsächlich? Aber was ist mit den anderen Fotos? Ja natürlich, jetzt fällt es uns erst auf, wie wirklich er auf den Fotos als Skatspieler und wie unwirklich er auf den Fotos als Ministerpräsident aussieht. Keine Frage: »Dieser Mann hat seine Wurzeln im Lande Nordrhein-Westfalen.« Hat er auch Vergangenheit?

Aber ja! Beispielsweise hat er kein Abitur. Das muß wohl der Grund sein, warum er über einen so guten gesunden Menschenverstand verfüg, der allenthalben gelobt wird. Allerdings weiß man es nicht so genau: Hat er nun seinen gesunden Menschenverstand, weil er kein Abitur hat, oder hat er kein Abitur, weil er einen gesunden Menschenverstand hat? Jedenfalls hat er nach seinen eigenen Angaben »keinen Diakonen-Komplex, weil es ihm an formalen Voraussetzungen fehlt«. Wozu auch? Sein Verstand hat sich doch bewährt.

So wie er auch als Wissenschaftsminister nicht versuchte, sich als Wissenschaftler zu gerieren, **sondern** *sich auf Vernunft und sein eigenes kritisches Urteilsvermögen verließ.*

Aber erst einmal ein Pils! Das ist in der Tat ein völlig neues Wissenschaftsverständnis, welches Vernunft und kritisches Urteilsvermögen als gegenteilige Verfahren behauptet. Er hat nicht versucht, sich als Wissenschaftler zu gerieren, sondern. Wie sieht das aus?

»Ihr könnt doch nicht schreiben«, sagt er, von einem Redeentwurf aufblickend, »daß die CDU die Armen ärmer und die Reichen reicher machen will.« Wortloses Staunen, hochgezogene Augenbrauen, ***ist es nicht eben dieses,*** *was die Sozialdemokraten von jenem Lager befürchten? »Ihr unterstellt doch schlicht etwas«, sagt er. Richtig müsse es heißen: »Die Politik der CDU* ***führt dazu,*** *daß die Armen immer ärmer und die Reichen immer reicher werden.«* ***So ist er.***

Das sind natürlich Nuancen, die das Differenzierungsvermögen eines jeden Wissenschaftlers mühelos übersteigen. Ist es nicht eben dieses, daß uns hier jemand für dumm verkaufen will? Aber nein, keinesfalls, es führt nur dazu, daß wir für dumm verkauft werden. Ist aber das nicht eben das gleiche?

Eben nicht. Für jemanden, der ohnehin nur jemand ist, insofern er fortwährend plakatiert wird, macht es einen großen Unterschied, wenn er der plakativen Dummheit der anderen eine Nuance überlegen ist, und sei die Nuance noch so fadenscheinig. Im Reich der Platitüden wird derjenige König sein, der wenigstens noch vernünfteln kann. Aber wen sollen wir wählen, wenn der eine mit Phrasen ins Volle, der andere mit Vernunft ins Leere greift?

Bruder Johannes »spricht immer wie mit guten alten Freunden« *(Westdeutsche Allgemeine, 4. 5. 85)*, heißt es, und wir ahnen, wie zynisch er erst mit seinen Feinden umgehen wird. Uns graut jetzt schon vor der »direkten Art des 54jährigen Sozialdemokraten, auf Menschen zuzugehen, rasch Hemmnisse und Berührungsängste

abzubauen, Gespräche auf der Straße **gleichsam zu provozieren**« *(Aachener Nachrichten, 9. 5. 85)*, denn wir wollen unsere Berührungsängste gegenüber einem Manne behalten, der via Plakat mit uns auf der Straße Gespräche anzettelt.

Bruder Johannes wird es uns aber schwer machen. Er weiß, »daß seine unbestrittene Stärke in seinem Gespür für den richtigen Ton am richtigen Ort liegt« *(Aachener Nachrichten, 9. 5. 85)*.

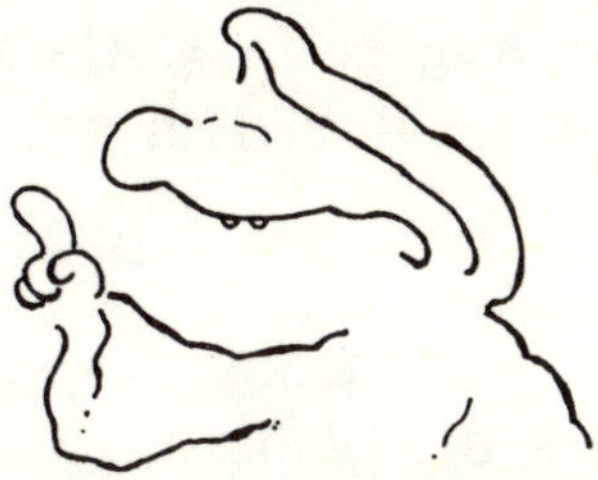

RAU: ... Beherrschbarkeit ist mir als Begriff zu herrlich, aber ich meine damit, ob wir eigentlich mit dieser Welt verantwortlich umgehen. Wie wir die Menschen dazu fähig machen.

PLAYBOY: Wie schafft man das?

RAU: Da müssen sie Gespräche führen, mit Wissenschaftlern reden und auch persönliche Erfahrungen machen. (PLAYBOY 4/83)

Das ist genau der Tonfall, den wir mögen. Der gute Bruder Johannes, Beherrschbarkeit ist ihm als Begriff zu herrlich, aber als Sache offenbar bequem. Man könnte das argwöhnen, deshalb wird es auch schnell modifiziert: Er meint damit, ob wir eigentlich mit dieser Welt verantwortlich umgehen. Wieso wir? Der besorgte Tonfall, mit dem er uns zur Verantwortung fähig machen will, rührt natürlich immens ans Herz, aber unsere Sorge, ob er mit der Welt verantwortlich umgeht, dürfte am Ende größer sein. Aber auf den Tonfall kommt es natürlich an. Auf den Tonfall und auf die Fassade.

Ganz verschreckt reagierte denn auch Bruder Johannes, als Wolfgang Herles ihn fragte, ob er der Kohl der SPD sei *(ZDF, 7. 11. 85, 22.05 Uhr: Was nun, Herr Rau?)*, weil er die Menschen auch immer gefühlsmäßig anspreche.

Das ist natürlich blanker Unfug.

Jedes Kind sieht doch die Unterschiede.

Aber wir werden sehen, wer der Überlegene in der Gunst des Wählers ist, wenn zwei Giganten des Tonfalls, Helmut Kohl und Johannes Rau, in den Wettstreit um die Kanzlerschaft treten.

Wird der die Palme davontragen, der es versteht, sieben Phrasen in nur einen Satz packen, oder gewinnt uns der andere, der aus nur einer Phrase sieben Sätze macht?

Wie dem auch sei, eins steht jetzt schon fest. Bruder Johannes ist anders als die anderen.

Niemand ist beispielsweise so flexibel wie er.

Wir haben ja gesehen, wie er blitzschnell erkannte,

daß die Hand seiner Tochter Anna noch zu winzig ist, wie er sofort umdisponierte und ihr nur den kleinen Finger reichte.

Wir haben gesehen, wie flexibel er es mit der Wissenschaft hielt. Einmal ließ er sich nicht einwickeln und behauptete sein eigenes Urteilsvermögen, das andere Mal – als es um Verantwortung ging – holte er eiskalt ihren Ratschlag ein.

Wir haben weiterhin gesehen, wie flexibel er selbst auf den Fotos zur Erscheinung kam, manchmal wirklich, als Skatspieler, in der Regel aber – wenn er den Ministerpräsidenten darstellt – als Chimäre, als Fassade.

Nur in einem ist er überhaupt nicht flexibel, da bleibt er steinhart. Er hat es im Wahlkampf NRW immer wieder betont, und er hat es auch jetzt für die Bundestagswahlen wieder angekündigt: »Wer Rau will, muß Rau wählen.« *(ZDF, 7. 11. 85, 22.05 Uhr: Was nun, Herr Rau?)*

Fragt sich nur, welchen Rau, den Skatspieler oder die Fassade?

Abgewendet

Wo war Rau? — Der Kandidat ist eine Frage des Datums!

Denken wir zurück. Im September/Oktober 1982 blies Hans Dietrich Genscher zum fröhlichen Kanzlersturz und hievte einen Helmut von der Kommandobrücke, um den anderen ans Ruder zu lassen. Der Riese aus Oggersheim witterte seine Chance und griff den Rivalen, den sturmerprobten Lotsen mit der Elbschiffermütze auch sogleich in dessen Domäne an. Kohl machte klar zur Wende und suchte den Kampf auf offener See.

Die nächsten Wochen wurden ziemlich windig, aus der Wende wurde eine Halse, man ging mit dem Rücken durch den Wind. Einige flogen nach vorne, andere kippten um und landeten auf dem Bauch. Hans Dietrich stand kurzfristig schon damals nackt im Wind. Jürgen Möllemann wurde auf dem neuen Kurs täglich schnittiger, aber am Ende war er doch zu lange im Windkanal gewesen und hatte deutlich Konturen verloren. Helmut Schmidt, den bislang unangefochtenen Chefcharismatiker der bundesdeutschen Politszene, hatte man kurzerhand ausgebootet, das Schiffchen der Republik fuhr jetzt ohne hin.

Die CDU jauchzte, die SPD war beleidigt, und die FDP bewältigte ihre Meuterei. Das Blut der kleinen Koalition, das an ihren Händen klebte, wollte man schnell ins neue Fahrtwasser stecken und waschen. Statt dessen kam Flaute auf, der 5-Prozent-Horror wurde am Horizont sichtbar, und die Grünen, damals noch nicht im Bundestag, tranken zur Feier des Tages ein Fläschchen Möhrensaft.

Während die FDP nach der Wende die sogenannte Quittung befürchtete, sank die SPD vorübergehend ins Koma einer verlorenen Regierungsherrlichkeit. Die Parteilinken ließen ihre Messerchen, die sie am Podest des erlauchten Lotsen Helmut gewetzt hatten, schnell wieder in den Taschen verschwinden, und sogar Altbuddha Willy Brandt stellte seine Motorsäge ab. Willy senkte die visionären Augen und dachte nach. ›Soll ich durch den Rhein schwimmen?‹ fragte er sich und tat es dann doch nicht. Immerhin warf er bedächtig die Angel ins grüne Wasser, um alsbald nach der »Mehrheit diesseits der CDU« zu fischen.

Aus Berlin kam ein Vogel geflogen, ein echter Spezialist in Sachen Trümmerbeseitigung. Hans Jochen Vogel übte sich in die Sprache des moralischen Siegers ein und bereitete sich systematisch auf das Amt des nominellen Verlierers vor. Der kluge Pedant mit dem ungünstigen Studienrat-Appeal rückte ohne Flügelkämpfe in die Frontlinie der sozialdemokratischen Wahlstrategie, und sonderbar: Niemand hatte etwas dagegen. Hoppla, ich bin der neue Kandidat.

Aber wo war Bruder Johannes in jenen Tagen? Er saß in Düsseldorf und hielt sich vornehm bedeckt. Er zeigte wenig Interesse, als Shooting-Star der Woche kurzfristig verbraucht zu werden, um nach zwei Monaten endgültig aus den Charts zu fliegen. Sein zukunftsträchtiges Haupt war zu schade für das ehrenvolle Schafott einer aussichtslosen Wahl. Mit der raffinierten Strategie des Zauderers wendet er sich vom Wende-Zirkus ab und damit das üble Schicksal von sich. Aber Bruder Johannes kommt eben aus Wuppertal und ist mit sieben Wassern gewaschen. Er weiß, was es bedeutet, über die Wupper zu gehen, und sucht sich den Zeitpunkt mit Bedacht.

»Der Wind weht, wo er will, und du hörst seine Stimme, aber du weißt nicht, woher er kommt und wohin er fährt...« (Johannes, 2, 8). Johannes Rau, der »jeden Morgen ein Bibelwort« liest, wird es gewußt haben.

Der Gipfel der Subtilität

Rau ist Raucher, und auch hier zeigt sich seine besondere Flexibilität. Rau ist nämlich nicht irgendein Raucher, er ist Allesraucher aus Überzeugung, und das kennzeichnet ihn.

Camel, Marlboro, Stuyvesant, Zigarren, Zigarillos, Pfeifen, alle ist ihm blauer Dunst des Wohlbehagens. Undogmatisch wie in der Politik, so ist er auch im Leben. Rau raucht so flexibel, daß ihm manchmal die Grenzen zwischen Rauchern und Nichtrauchern fließend werden. So etwa in Moskau, als er dem neuen Kreml-Chef Michail Gorbatschow zwanglos ein hübsches silbernes Zigarettenetui mit dem Landeswappen von Nordrhein-Westfalen zusteckte. Einfach so.

Zufällig ist Gorbatschow Nichtraucher. Ein Mißgeschick? Gedankenlosigkeit? Nein. In der Szene steckt mehr, sie hat politische Aussagekraft.

Von den ahnungslosen Medien als protokollarische Panne gegeißelt, verrät sie in Wahrheit einiges über das diplomatische Talent des außenpolitischen Amateurs aus dem Rheinland. Eine kaum verschleierte Symbolik der Entspannungspolitik liegt über der Szene. Mit sparsamen Mitteln rührt Bruder Johannes an die Wurzel des Kommunikationsproblems zwischen den Blöcken. Er versilbert für einen kurzen Moment die sprachlosen Mißverständnisse, die kleinen und die großen, die nun einmal die Weltpolitik ausmachen, und legt auf diese Weise eine solide Grundlage für weitere erfolgreiche Gespräche.

Schon wird seine Flexibilität ihm wieder zum Vorteil, denn einmal in der Offensive einer überraschenden Geste, kann er weiterhin den Ton bestimmen. Der Abgesandte der Überflußgesellschaft naht mit sinnlosen Geschenken, für einen Moment ahnt man Gorbatschows Verunsicherung noch durch den Eisernen Vorhang. Er könnte Rau für dumm oder ungeschickt halten, aber weil er ein schlauer Russe ist, wird er genau das Gegenteil tun und Rau für klug und gerissen halten. Und genau das hat Bruder Johannes bezweckt.

Der designierte Kanzlerkandidat demonstriert sich selbst und der Öffentlichkeit nicht nur, daß es für ihn kein Problem ist, den roten Zaren in Verlegenheit zu bringen, er beweist darüber hinaus, daß er den Kanon diplomatischer Spielregeln jetzt schon verinnerlicht hat. Mit souveräner Voraussicht eröffnet er seinem gedemütigten Gegenüber einen ehrenhaften Rückzug, ohne den es keinen Frieden geben kann.

Mit dem klammen Hinweis »Ich bin Nichtraucher« kann Gorbatschow die Situation scheinbar noch einmal wenden und der Flexibilist Rau sich lachend eine Zigarette anzünden. Die Szene, eben noch für Gorbatschow verwirrend, ist entkrampft.

Dieses kleine Stückchen Gipfelpolitik läßt mit Recht Erwartungen aufkommen. Denn wirklich plump wäre es ja gewesen, Gorbatschow zum Auftakt eine Stange HB rüberzuschieben. Eine solche Geste wäre eines wahren Staatsmannes unwürdig, das sieht jeder ein. Rau hat einen solchen Patzer geschickt vermieden, und schon darin beweist sich seine besondere Funktion als Hoffnungsträger auch für die zukünftige Ostpolitik.

Der Coup mit dem Zigarettenetui wird Bruder Johannes gutgetan und sein Selbstbewußtsein gestärkt haben. Für einen Moment hat er den mächtigen Herrn der Sowjetunion aufs Glatteis geführt. Mehr kann man kaum erwarten, und mehr kann man deshalb von Raus Moskaureise auch nicht berichten. Wirklich nicht. Absolut gar nichts.

SOWOHL ALS AUCH

Der Kandidat und sein Programm

Abends vor dem Einschlafen, wenn es Nacht wird in Wuppertal-Elberfeld, liegt Bruder Johannes noch wach im Bett. Er denkt über sein Programm nach. Irgendwie reicht es nicht, wenn er immer nur sagt: »Wer Rau will, muß Rau wählen.« Irgendwann muß er schließlich auch einmal sagen, was Rau will.

»Wenn es doch nur so laufen würde wie in Nordrhein-Westfalen«, denkt Bruder Johannes. Die Personalwahl war ganz nach seinem Geschmack. Ob die Leute in Bonn auch so fest an ihn glauben werden wie hier in NRW, wo sein ehemaliger Minister Farthmann sogar bekannte: »Für Rau würde ich mich totschlagen lassen« *(Allgemeine Zeitung, 2. 5. 85)*? »Nein, damit ist nicht zu rechnen«, murmelt Bruder Johannes.

»Ich halte es nicht für einen Nachteil, wenn Politik sich auch an Personen festmacht«, meinte er im Fernsehen. »Ich weiß nicht, wie viele uns zusehen, aber ich finde es gut, daß darunter Menschen sind, die nicht nach Programmen entscheiden, sondern die sagen: Den finde ich glaubwürdig oder den finde ich glaubwürdiger.« Und bestimmt hat er nichts dagegen, wenn einer denkt: Den finde ich gar nicht glaubwürdig.

Zum Beispiel Helmut Kohl. Das ist so eine Person, an der Rau seine Politik unheimlich festmacht. Warum soll man es auch nicht offen sagen, schließlich »spielt Kompetenz« eine Rolle, wie Bruder Johannes dem PLAYBOY (4/83) anvertraute. Allerdings – und das ist erstaunlich – verkehrte sich sein vorläufiges Programm, die Alternative zu Helmut Kohl zu sein, plötzlich zur Retourkutsche der Medien. Unvorsichtigerweise hatte sich nämlich Bruder Johannes, weil er doch noch kein Programm besitzt, als ›Spezialisten fürs Allgemeine‹ etikettiert – und das klang dann doch sehr nach dem Kohlschen Postulat vom Generalisten. »Verdammt noch mal«, denkt Bruder Johannes, »da hat mich doch der Wolfgang Herles glatt gefragt, ob ich der Kohl der SPD wär', wo soll das noch hinführen? Ich hätt' mich doch so gern im Windschatten profiliert...« Energisch knipst Bruder Johannes die Nachttischlampe an. »Es muß halt ein Programm her«, will er gerade auffahren, aber ihm fällt noch ein, daß seine beiden Winzlinge schon schlafen. »Programm, Programm«, murmelt Bruder Johannes und geht noch ein Glas Milch holen.

Immerhin, der erste Schritt zum Programm ist schließlich schon getan: Rau will die absolute Mehrheit, das hat er klar und deutlich gesagt, und er hat auch gesagt, warum. Er will nämlich nicht koalieren, er will noch nicht mal eine Minderheitsregierung führen *(ZDF, 7. 11. 85, 22.05 Uhr: Was nun, Herr Rau?).* Das ist ein sehr anspruchsvolles Programm, aber in Nordrhein-Westfalen ging die Rechnung schließlich auf, im Saarland hat es geklappt, und in Niedersachsen könnte es auch klappen, wenn Gerhard Schröder mal eben läppische 15 Prozent dazugewinnt. »Ach wär' das schön«, denkt Bruder Johannes, aber da bemerkt er auch schon, daß das ja eigentlich auch noch kein richtiges Programm ist, einfach die absolute Mehrheit zu wollen. Man müßte mal was Konkretes sagen, zum Beispiel zur Sozialpolitik.

»Ob ich einfach noch mal sage: Wir bleiben hier sozial, weil sonst das Menschliche stirbt, wie damals im NRW-Wahlkampf?« grübelt Bruder Johannes. Aber dann schüttelt er den Kopf und beschließt etwas ganz anderes.

»Ich werde etwas Entschiedenes sagen, gleich morgen«, entscheidet er, so richtig rasant, wie es eben seine Art ist. Dann knipst er die Lampe aus und schlummert friedlich ein.

Am nächsten Morgen ist der 16. Oktober. Bruder Johannes hat blendende Laune. Sein Programm nimmt Konturen an. Im Interview mit einer Kölner Zeitung bekennt er, daß er »als Kanzler sicherlich alle Kürzungen im Sozialbereich rückgängig machen« werde, »vom

Mutterschaftsgeld über Schüler-Bafög bis zur Arbeitslosenunterstützung«. Weil sonst das Menschliche stirbt. Bruder Johannes hat wieder mal eine gute Nase gehabt, die Sache haut voll rein. Bei der CDU sind alle ganz aufgeregt. Gerhard Stoltenberg ruft ihm vom Bundestag aus zu, daß er doch mal herkommen solle, um zu erklären, wie er das meine.

Das ist keine schlechte Idee, aber Bruder Johannes ist viel zu schlau, um Stoltenberg auf den Leim zu gehen.

Am nächsten Tag sagt er eiskalt: »Ich hätte mich zu Fragen der Sozialpolitik viel differenzierter ausdrücken müssen.« *(Z. B.: Die ZEIT, Nr. 44, 25. 10. 85)* Genial, nicht? Anstatt sich jetzt differenzierter auszudrücken, sagt er einfach, er hätte sich differenzierter ausdrücken müssen.

Aber das ist auch noch kein Programm. Am Abend liegt Bruder Johannes wieder in Wuppertal-Elberfeld und plant seine nächsten Schritte. »So«, denkt er, »das Thema Sozialpolitik ist jetzt erst mal erledigt, vielleicht knöpfe ich mir als nächstes mal die Bündnis- und Verteidigungspolitik vor.«

Sicherlich, vor ein paar Wochen, da hat er schon mal bekanntgegeben, daß »an der deutschen Bündnistreue kein Zweifel aufkommen darf«. Früher, ganz früher, als es noch gar kein Bündnis gab, hat er da ganz anders gedacht. Ein bißchen so wie heute die Leute um Oskar Lafontaine und Andreas von Bülow. Damals rief er mit Gustav Heinemann, der gerade als Innenminister der Adenauerriege zurückgetreten war, die GVP, die Gesamtdeutsche Volkspartei ins Leben, und zwar, um die Wiederbewaffnung zu verhindern. Mit dem Aufwind des guten Gewissens und der vagen Hoffnung auf die Wiedervereinigung machte man Front gegen die aufkeimende Remilitarisierung. Naja, Adenauer blieb hart, die GVP nur ein kurzes Kapitel. Außerdem haben wir ja auch nicht mehr 1952, und deshalb denkt Bruder Johannes heute anders.

Während er erneut die Nachttischlampe anknipst, weil er schon wieder nicht einschlafen kann, denkt er heute über das Bülow-Papier nach. Milizionierung der Bundeswehr, hm, Abzug der Amerikaner, hm, Kürzung der Wehrdienstzeit, Erwägung des Austritts aus der Nato, alles in weiter Ferne, sicherlich, aber immerhin ist es gesagt worden, und der Oberguru Brandt fand das alles ganz ordentlich. Bruder Johannes stöhnt auf. Schließlich ist er der Mann, der »fest auf dem Boden der Parteitagsbeschlüsse steht«. Irgendwie klingt das nicht so wie »an der deutschen Bündnistreue darf kein Zweifel aufkommen«. Nein, es klingt ganz und gar nicht so. Es muß halt ein Programm her.

Auch in der Umweltpolitik. Aber »Umweltschutz kann man nur mit den Mitteln der Industriegesellschaft machen«, weiß Rau, aber er weiß auch, daß das den Grünen gar nicht gefällt. Er kennt sich aus, schließlich kommt er aus Nordrhein-Westfalen, da gibt es eine Menge Industrie und eine Menge Umweltschmutz, zum Beispiel den schnellen Brüter in Kalkar. Der war nicht billig, der muß ran ans Netz. Wenn doch nur die lästige Entsorgung nicht wäre.

Ein Programm könnte die Sache vielleicht regeln, aber ein Programm ist eben noch nicht da.

Es ist ganz schön schwierig, wenn man in dieser Situation gefragt wird, ob man für Kernkraft ist. Der PLAYBOY hat das gefragt, schon 1983, aber Bruder Johannes war vorsichtig.

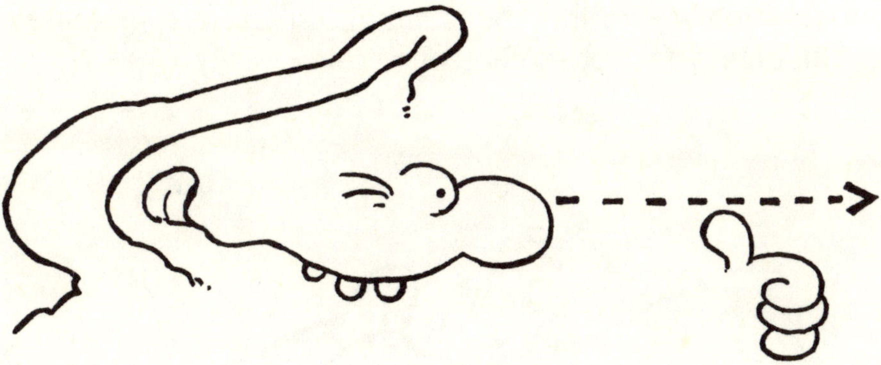

»Ja«, hat er gesagt, »aber mit Augenmaß.« Mit Augenmaß, das ist gut, da bleibt man flexibel. Aber was heißt das eigentlich, mit Augenmaß? Je nachdem? Über den Daumen? Frei Schnauze? Der PLAYBOY hat damals nicht nachgefragt, aber wie wird es im Wahlkampf werden? Bruder Johannes runzelt die Stirn.

Sozialpolitik, Bündnistreue, Kernkraft, das sind eben alles haarige Themen, da kann man nicht einfach entweder-oder sagen, jedenfalls nicht, wenn man die absolute Mehrheit will. Aber Bruder Johannes ist eben auch kein Entweder-oder-Typ, er ist vielmehr ein Mann des Sowohl-als-auch, das wurde schon mehrfach betont. Es ist ja auch nur gut, wenn wir demnächst einen Mann bekommen, der widersprüchliche Positionen miteinander vereinigen kann, gerade heute, wo die Welt doch voller Widersprüche ist. Bündnistreue, aber klar doch, Bülow-Papier, freilich. Kernkraft, ohne

Zweifel, Umweltschutz, keine Frage. Wieso entweder-oder? Sagen wir doch einfach sowohl-als-auch. »Das ist das totale Programm«, schmunzelt Bruder Johannes, »da integrier' ich einfach alles rein.«

Beispielsweise in der Außenpolitik. »Gut, daß ich den Genscher habe«, schießt es Bruder Johannes durch den Kopf, aber da fällt ihm ein, daß die Zeiten vorbei sind. Den kann man nicht mehr integrieren, schade. »Soll ich den Karsten Voigt zum Außenminister machen?« fragt sich Bruder Johannes und erschrickt fast dabei. Was würden die Amerikaner sagen? Die müssen schließlich zufrieden bleiben, die SPD muß zufrieden bleiben, und die Wähler müssen natürlich auch zufrieden bleiben, sonst geht es ihm am Ende wie Schmidt. Das muß klug eingefädelt werden, am besten mit dem Sowohl-als-auch-Programm, damit das klar ist.

Bruder Johannes gähnt. Er ist ziemlich müde. Aber tapfer, wie er nun einmal ist, will er schnell noch ein paar Akten überfliegen. »Du liebe Güte, die neuesten Arbeitslosenzahlen«, erkennt er auf einen Blick, »was mach' ich denn damit?« Beschäftigungsprogramme sind teuer. Ob sie wirklich etwas nutzen, weiß niemand, auch Bruder Johannes nicht. »Keiner kann versprechen, wir schaffen die Arbeitslosigkeit im Handstreich ab«, hat er gesagt. Der kluge Mann baut vor. Aber vielleicht hilft ja ein Programm.

Bruder Johannes stöhnt auf.

Wieder einmal ist es nichts mit dem wohlverdienten Schlaf.

Bruder Johannes wälzt sich von einer Seite auf die andere.

Er bastelt an seinem Programm.

Strapazierfähig und dehnbar muß es werden, schließlich soll es raue Zeiten überstehen.

DIE WUNDERBARE WELT DES BRUDER JOHANNES

Erinnert sich eigentlich noch jemand an die SPD-Werbekampagne anläßlich des Wahlkampfes 1983, die uns Jochen Vogel als hemdsärmelig daherschwadronierenden Vollblut-Politiker zum Anfassen verkaufen wollte? An diese meterhohen Plakatwände, auf denen Vogel, das Jackett lässig geschultert, einem jungen Mann mit umgeschnalltem Baby-Rucksack (inklusive Baby) schlagfertige Antworten auf bohrende Zeitfragen gab? An dieses seltsam undefinierbare Gefühl der Wurstigkeit, das einen überkam, wenn man dieser Plakate ansichtig wurde? An das verheerende Wahlergebnis, das die SPD seinerzeit einstecken mußte? Und erinnert sich noch jemand daran, daß diese Plakate alle in Schwarzweiß waren?

Nein? Nicht? Egal. – Die SPD jedenfalls erinnert sich noch gut daran. Und sie hat daraus gelernt. Sie hat gelernt, daß sich einem anämischen Fadling wie Vogel auch mit dem cleversten Werbeteam nicht die Attitüde des Kumpelpolitikers zum Anrempeln aufpfropfen läßt, erst recht nicht in Schwarzweiß.

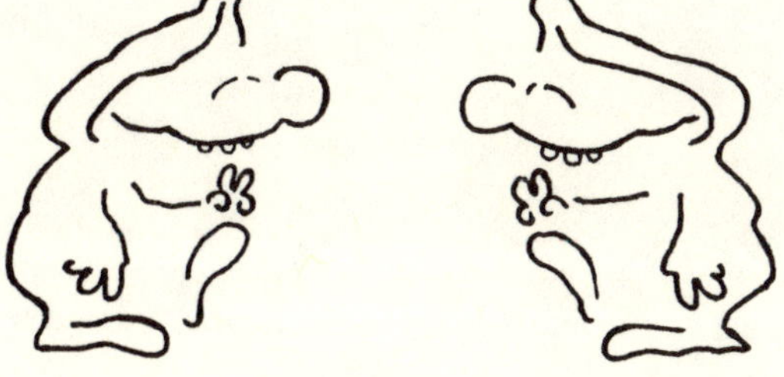

Mit Bruder Johannes kommt uns die SPD wieder in Farbe. Nach der blassen Graugans präsentiert sie uns einen solchermaßen vielfarbig schillernden Paradiesvogel, daß es einem vor den Augen flimmert.

Aber nicht nur seine prachtvolle Erscheinung kann es einem antun: Wer sich einmal von seinem seraphischen Gesang hat verzaubern lassen, um den ist es unwiderruflich geschehen.

So wie es uns ergangen ist. Wir haben seinen machtvollen Regierungserklärungsarien gelauscht, uns von seinen nachtigallengleichen Rederezitativen umgaukeln lassen, ehrfürchtig so manch einem Gesprächsduett beigewohnt – uns brummen noch heute die Ohren davon.

Und wir wollen auch Sie teilhaben lassen an dem wie auf magische Weise vielstimmigen Choral, der da unablässig ertönt aus dem einzigen Munde des BRUDER JOHANNES . . .

Also, eins müssen wir von vorneweg sagen: Er ist schon eine ehrliche Haut, unser Bruder Johannes, weiß Gott. Hand aufs Herz: Was denn anderes als die lautere Wahrheitsliebe kann ihm die Zunge geführt haben bei Äußerungen wie z. B. der . . .

. . . über die Sprache der Politiker?

»Und ich versuche, diese politischen Ansätze in erfahrbare Wirklichkeiten, in Bilder, in Beispiele aus der Alltagserfahrung umzusetzen, und nicht in die Sprache der Politiker, die kann ich nämlich gar nicht.«

(Spiegel 21/85)

Nein ehrlich: Die kann er nämlich gar nicht! Nichts da: Da redet er doch lieber, wie ihm der Schnabel gewachsen ist. So ist's recht: Seit 28 Jahren politisch aktiv und hat sich noch keinen Deut von dieser teuflischen Politikersprache korrumpieren lassen. Kommt gar nicht in Frage: Lieber malt er seine politischen Ansätze in Bilder, die so bildhaft, formuliert Beispiele, die so beispiellos sind, daß wir sie in seiner Sprache niemals auszudrücken wagten, die können wir nämlich gar nicht, die können wir höchstens zitieren, etwa . . .

... über Randgruppen

»Wir wollen die Randgruppen in unsere Mitte holen.«

(Regierungserklärung 1980)

Ja, da haben wir eins von diesen Bildern von beispielloser Bildhaftigkeit: Man kann sie direkt vor Augen sehen, diese Randgruppen, wie sie sich da umzingelt in der Mitte drängeln und ... ja, und was? – Vielleicht eine Wagenburg bauen? – Tja, Bilder malen, das kann er, der Bruder Johannes.

Aber nicht nur in der ja ein wenig überkommenen Kunstform der Allegorie, nein, auch mit den reduziertesten Farbgegenüberstellungen vermag er eindrucksvoll Gemälde zu erschaffen, wie z. B. in seinem abstrakten Meisterwerk . . .

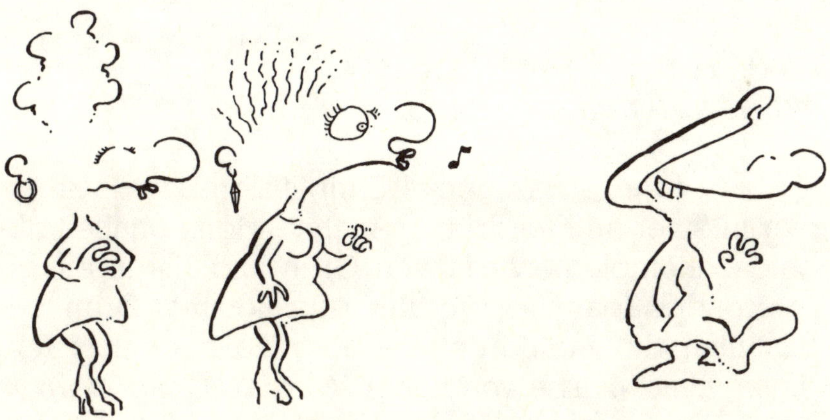

" Ich hoffe, daß es ein Wahljahr der Frauen wird."

... »Grün und Rot«:

»Reden ist grün, handeln ist rot.«
(BUNTE ILLUSTRIERTE, 18. 4. 85)

Es hat schon etwas genial Simplifizierendes, wie er hier in einer an Mondrian gemahnenden Kühnheit die beiden Komplementärfarben Grün und Rot in ein vibrierendes Spannungsverhältnis bringt: hier Grün, bekanntlich die indifferenteste aller Farben, dort Rot, diese vitale »Farbe von hoher Würde« *(Goethe/»Farbenlehre«)*. Da bedarf es in der Vorstellungskraft des Betrachters nur noch weniger Phantasie, um sich auszumalen, wer in diesem ungleichen Wettstreit der Farben die Palme des Siegers davontragen wird ...

Aber lassen wir Bruder Johannes nicht nur malen, lassen wir ihn auch reden, das kann er nämlich ebenso vortrefflich, wenn nicht vortrefflicher, z. B. . . .

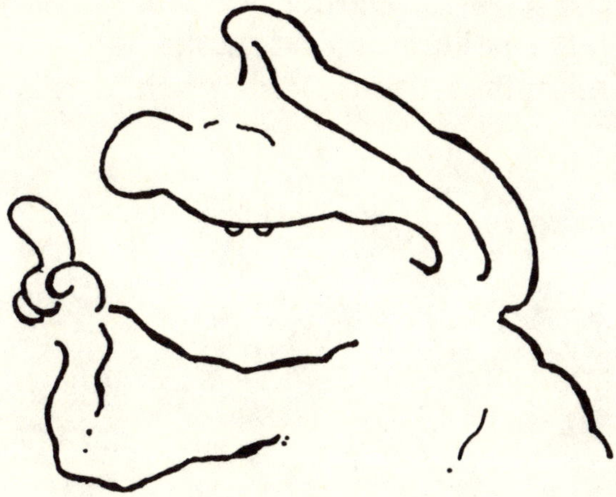

... **über Umwelt und Energie:**

»Durch unsere Umweltpolitik verbinden wir den Schutz der Umwelt mit sicherer Energieversorgung.«

(Regierungserklärung 1985)

Womit über dieses Thema eigentlich alles gesagt wäre, irgendwie allumfassend, nicht wahr? – Nein, es geht noch allumfassender! Doch, doch, wirklich!

... **über Ziele:**

»Unsere Wirtschaftspolitik hat drei große Ziele:
– eine leistungsfähige Wirtschaft,
– humanen Fortschritt und
– Schutz der Umwelt.
Diese Ziele gilt es in Einklang zu bringen.«

(Regierungserklärung 1980)

Aber ... Bruder Johannes? Haben wir da nicht noch etwas vergessen? Hm? Zum Beispiel, daß es keinen Hunger mehr gibt auf der Welt? Und keinen Krieg? Und keine Krankheit? Und daß die armen Arbeitslosen nicht mehr frieren müssen im Winter? Na? – Aber keine Angst, lieber Leser, Bruder Johannes wäre nicht Bruder Johannes, wenn er das nicht längst schon mal – irgendwo, irgendwie – formuliert hätte. Nur griffiger, selbstverständlich:

. . . über Frieden:

»Eine Zukunft, in der Friede herrscht und Aussicht auf Arbeit, das wäre schon das mindeste, was wir anzustreben hätten.« *(Regierungserklärung 1985)*

Aber mindestens! Ein bißchen Frieden, ein Stückchen Arbeit, das ist doch nun wirklich das mindeste, was Bruder Johannes für uns anstrebt. Guter alter Bruder Johannes! . . . Aber . . . du, Bruder Johannes . . .? Sag mal . . . anstreben, genügt das denn . . .? »NEIN!!« dröhnt uns da der Realpolitiker Bruder Johannes entgegen, »MITNICHTEN!«, und klärt uns auf . . .

. . . über Entspannung:

»Die Abrüstungs- und die Entspannungspolitik müssen neu belebt werden.

Wir wissen, dabei müssen wir gemeinsame Wege suchen.

Wir wissen, daß wir das gestützt tun müssen auf das westliche Bündnis.«

(Rede am Renner-Institut/Wien, 31. 10. 84)

Ja, das ist unser Bruder Johannes, wie wir ihn mögen: ein klares Jein zur Abrüstung. Aber das ist uns noch ein bißchen zu wenig duffis, Bruder Johannes, können wir das nicht noch einen Hauch undifferenzierter ausdrücken? Irgendwie verschwommener? Klar doch, können wir:

Nochmals über Entspannung.

»Aber die Fortsetzung der immer stärker ins Absurde entarteten Rüstungspolitik der Großmächte und Blöcke gefährdet den Weltfrieden.

Und darum brauchen wir Sicherheitspartner statt Antagonismus. Wir brauchen eine konfliktverhindernde Bündnisstrategie.« *(S. o.)*

Ja, schon besser. Besonders das mit der »konfliktverhindernden Bündnisstrategie« hat uns gefallen, das ist doch mal eine Worthülse, in die man so richtig was reinpacken kann, was? – Obwohl uns das auch ein ganz klein bißchen nachdenklich macht... Hatte sich Bruder Johannes nicht mal irgendwo ganz klar darüber ausgedrückt, was er so hält...

... von Worthülsen?

»Ich glaube, meine Popularität hängt am stärksten damit zusammen, daß ich mich in der Politik nicht habe verbiegen lassen, daß ich so geblieben bin, wie ich bin, mit Fehlern und Schwächen, daß ich versuche, Worthülsen zu vermeiden ...«

(BUNTE ILLUSTRIERTE, 18. 4. 85)

Ja, darf man denn lügen, Bruder Johannes? – Ja, darf man. – Wer das nun wieder nicht kapiert, dem kann wirklich nicht mehr geholfen werden. Mensch: das ist doch gerade die Stärke von Bruder Johannes, daß er so seine »Fehler und Schwächen« hat, das ist es, was dafür sorgt, daß er so bleibt, wie er ist: unbeugsam nämlich. Klar? – Na also.

Das muß man schließlich sein, unbeugsam, damit man sich die Dinge zurechtbiegen kann, wenn man sich dauernd über so komplizierte Sachen äußern muß, wie z. B. . . .

... über die Zusammenhänge zwischen Bertolt Brecht, menschlicher Kommunikation, Sigmund Freud und dem Glasfaserkabel:

»Bert Brecht hat gesagt, daß menschliche Kommunikation nur dort entstehen kann, wo der Empfänger einer Nachricht auch Sender sein kann. Auch hier eröffnen die neuen Techniken neue Chancen. Ich denke an den Rückkanal, an Bildfernsprechen und Videokonferenzen über Glasfaserkabel.« *(Unna/16. Sept. 84)*

Na, geschnallt, was Brecht uns damals sagen wollte? – Genau: »Einfach Spitze, diese Glasfaserkabel!« – Ja, »Brecht verhält sich zur Zukunft«, wie es Max Frisch 1948 in seinem Tagebuch, nicht ohne einen augenzwinkernden Blick auf die ja noch in den Kinderschuhen steckende Glasfaserkabeltechnik, so treffend vermerkte. – Aber weiter im Text:

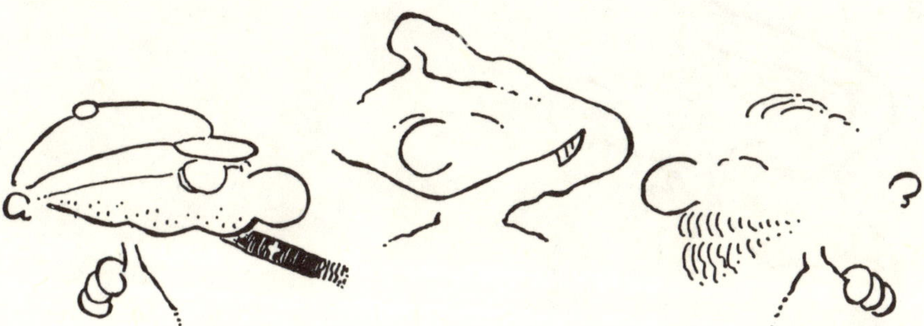

Immer noch über Glasfaserkabel

»Daß die Möglichkeiten technisch vermittelter Kommunikation eine Bereicherung unserer Kultur sind, hat Sigmund Freud einmal beschrieben, der ja ansonsten ein Unbehagen in der Kultur feststellte: ›Ist es denn nicht ein positiver Lustgewinn, ein unzweideutiger Zuwachs an Glücksgefühl, wenn ich beliebig oft die Stimme des Kindes hören kann, das Hunderte von Kilometern entfernt von mir lebt, wenn ich die kürzeste Zeit nach der Landung des Freundes erfahren kann, daß er die beschwerliche Reise gut überstanden hat?‹«

(S. o.)

Alles klar? Wie Freud das gemeint hat? Nein? – Dann wollen wir es mal vereinfachen, für die schlichteren Gemüter unter unseren Lesern. Freud meinte: »Also diese Kultur . . . irgendwie . . . irgendwie unbehaglich. – Aber diese Glasfaserkabeltechnik: sa–gen–haft!« – Jawohl. Womit sie sich dann auch wieder mal einig wären, der Freud, der Brecht und der Bruder Johannes. – Was auch die These des Bruder Johannes, daß mit der Kultur irgendwie alles irgendwo zusammenhängt, auf das fundamentalste untermauert:

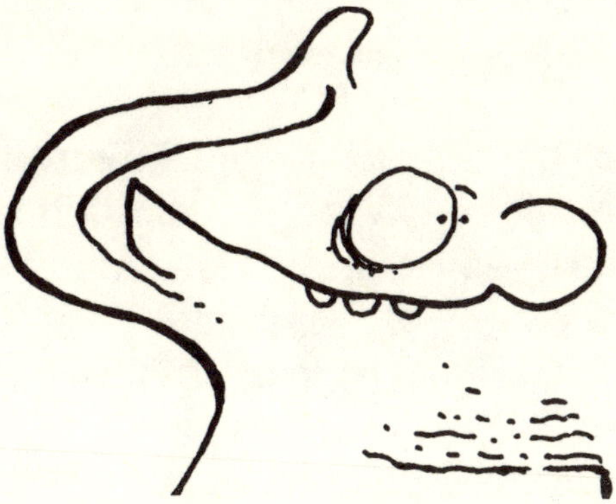

. . . über Kultur:

»Kultur ist das, was die Möglichkeiten zur Mitwirkung am gesellschaftlichen Leben vervielfältigt, was das Miteinander fördert, was die Betätigungs- und Mitbestimmungschancen im Arbeitsleben vermehrt, was dazu beiträgt, daß Menschen ihre Fähigkeiten einsetzen und weiterentwickeln können, was sie zur Hoffnung und zur gemeinsamen Arbeit an der Zukunft ermutigt.« *(S. o.)*

Na, das muß einem ja erst mal gesagt werden, Bruder Johannes! Wir haben nämlich immer gedacht, Mitbestimmung am Arbeitsplatz hätte irgendwie was mit Politik zu tun. Wir Deppen! Aber da gibt es noch ganz andere Sachen, die mit Politik überhaupt nichts zu tun haben, was, Bruder Johannes? Können wir da nicht mal ein Beispiel geben? Bitte:

Noch mal über Kultur.

»Für mich ist es zum Beispiel auch ein kulturelles Problem, wenn kranke Menschen sich nicht mehr trauen, zur Kur zu gehen, aus Angst, ihren Arbeitsplatz zu verlieren.« *(S. o.)*

Ja, geneigter Leser, das ist ein kulturelles Problem. Nein, kein soziales. – Wieso? – Ist doch klar: Weil die kranken Menschen dann die ganzen Kurkonzerte verpassen! – Schon gut, wir sind auch nicht direkt darauf gekommen. Manchmal ist man eben wie vernagelt.

Wie beim Lieblingswitz von Bruder Johannes: Da konnten wir zuerst auch nicht drüber lachen. Aber mit einem bißchen gutem Willen ging's dann doch. Mal hören?

... über Humor:

Interviewer: »Das letzte Stichwort: Ihr Lieblingswitz.«

Bruder Johannes: »Im Augenblick ist mein Lieblingswitz der, wie der Fußballspieler nach dem Spiel zum Schiedsrichter sagt: Grüßen Sie auch Ihren Hund, und der sagt, ich habe doch gar keinen Hund. Da sagt der Fußballspieler: Wie, so blind und dann keinen Hund?«

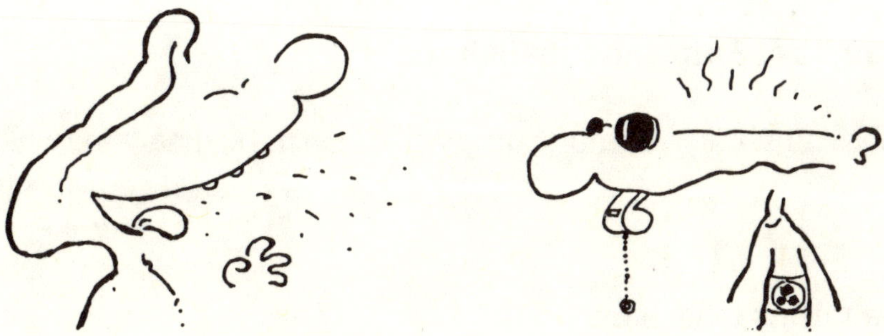

Interviewer: »Super! Na gut, damit sind wir am Ende. Vielen Dank, Herr Ministerpräsident!«

(Radio Luxemburg/RTL-Nachgefragt/31. 3. 85)

Ja, haha, super! Denn damit sind wir nun wirklich am Ende. Vollkommen. Vielen Dank, Herr Ministerpräsident!

Bruder Johannes – Die schönsten Zitate

Rau über Lektüre, Mundhygiene und Körperertüchtigung:

»Ich lese jeden Morgen ein Bibelwort. Das mache ich schon, seit ich lesen kann, so wie man sich die Zähne putzt oder Gymnastik macht.« *(PLAYBOY 4/83)*

Rau über Führungsqualitäten:

»Wer führen will, muß tun, was er sagt, und sagen, was er tut.« *(SPIEGEL 21/85)*

Rau über Charisma:

»Ich hoffe, daß es ein Wahljahr für Frauen wird.«
(Express 16. 10. 85)

Rau über klare Stellungnahmen:

Frage: »Sind Sie für Kernkraft?«
Rau: »Ja. Mit Augenmaß.« *(PLAYBOY 4/83)*

Rau über Kontinuität:

»Aber ich bleibe, wie ich bin.« *(SPIEGEL 21/85)*

Rau über Bildungseinrichtungen:

»Die Schule der Nation ist die Schule.« *(PLAYBOY 4/83)*

Noch mal über Bildungseinrichtungen:

»Ich stehe der Bundeswehr sehr nahe.« *(PLAYBOY 4/83)*

Rau über Machtverhältnisse:

»Beherrschbarkeit ist mir als Begriff zu herrlich.« *(PLAYBOY 4/83)*

Rau über Klassizismus:

»Im Auftreten bin ich überhaupt nicht klassisch.« *(SPIEGEL 21/85)*

Rau über Understatements:

»Und ich versuche, diese politischen Ansätze in erfahrbare Wirklichkeiten, in Bilder, in Beispiele aus der Alltagserfahrung zu bringen, und nicht in die Sprache der Politiker, die kann ich nämlich gar nicht.« *(SPIEGEL 21/85)*

Rau über Koalitionen:

»Die Aufgabe ist ja nicht, daß wir die Grünen definieren, sondern daß wir sie überflüssig machen.« *(SPIEGEL 21/85)*

Rau über Orientierungshilfen:

»Ich glaube, daß wir in der Mitte Stimmen zu suchen haben.« *(PLAYBOY 4/83)*

Rau über Ämter:

»Ich bin so gern Ministerpräsident.«

»Ich weiß sogar noch schönere Sachen. Am schönsten war's als Oberbürgermeister.« *(SPIEGEL 21/85)*

Rau über Tempolimit:

»Ich habe immer Zweifel am Sinn von Tempo 100 gehabt . . .« *(SPIEGEL 21/85)*

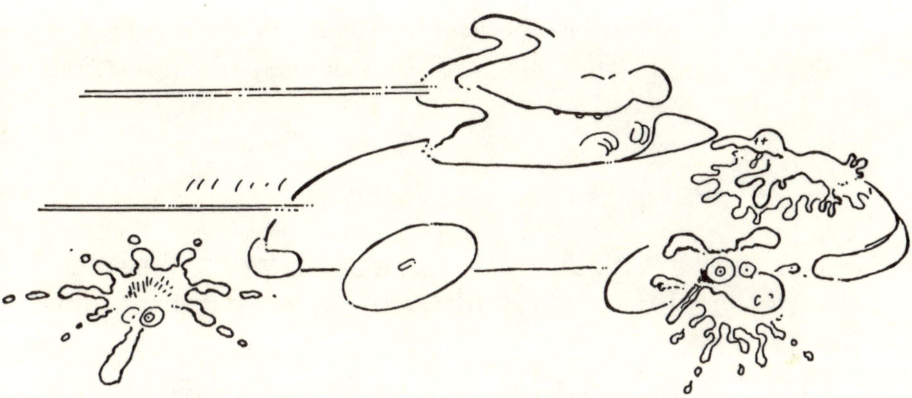

Rau über Soziales:

»Ich würde als Kanzler sicherlich alle Kürzungen im Sozialbereich rückgängig machen . . .«

(EXPRESS 16. 10. 85)

Noch mal über Soziales:

»Ich hätte mich zu Fragen der Sozialpolitik viel differenzierter ausdrücken müssen.«

(DIE ZEIT Nr. 44 / 25. 10. 85)

Noch mal über Koalitionen:

»Reden ist grün, handeln ist rot.«

(BUNTE ILLUSTRIERTE / 18. 4. 85)

Über Umwelt und Energie:

»Durch unsere Umweltpolitik verbinden wir den Schutz der Umwelt mit sicherer Energieversorgung.«

(Regierungserklärung 1985)

Über Entspannung:

»Aber die Fortsetzung der immer stärker ins Absurde entarteten Rüstungspolitik der Großmächte und Blöcke gefährdet den Weltfrieden.

Und darum brauchen wir Sicherheitspartner statt

Antagonismus. Wir brauchen eine konfliktverhindernde Bündnisstrategie.«

(Rede am Renner-Institut/Wien 31. 10. 84)

Noch mal über Entspannung:

»Die Abrüstungs- und die Entspannungspolitik müssen neu belebt werden.

Wir wissen, dabei müssen wir gemeinsame Wege suchen.

Wir wissen, daß wir das gestützt tun müssen auf das westliche Bündnis.« *(Rede am Renner-Institut/Wien 31. 10. 84)*

Über klare Zielsetzungen:

»Eine Zukunft, in der Friede herrscht und Aussicht auf Arbeit, das wäre schon das mindeste, was wir anzustreben hätten.« *(Regierungserklärung 1985)*

Über Kollegen: F. J. Strauß

»Mein dienstjüngerer bayerischer Kollege – 69 Jahre alt und immer noch unsicher, was er mal werden will.«

(Anläßlich der Verleihung des Ordens wider den tierischen Ernst)

Über Geißler:

»Tor des Monats.« *(S. o.)*

Über Möllemann:

»Möllemann ist Genscher mit angelegten Ohren.« *(S. o.)*

Über Blüm:

»In Wirklichkeit ist Blüm nicht für die Politik gedacht, sondern für die Tagesschau.« *(S. o.)*

Über Kohl:

»Einem Mann, der sich selbst gern mag, möchte man einfach nicht wehtun.« *(S. o.)*